子ども　詩のポケット　47

おはようがいっぱい

池田もと子

おはようがいっぱい

もくじ

Ⅲ　はんかち　わくわく

I

あまだれ　ぽったん

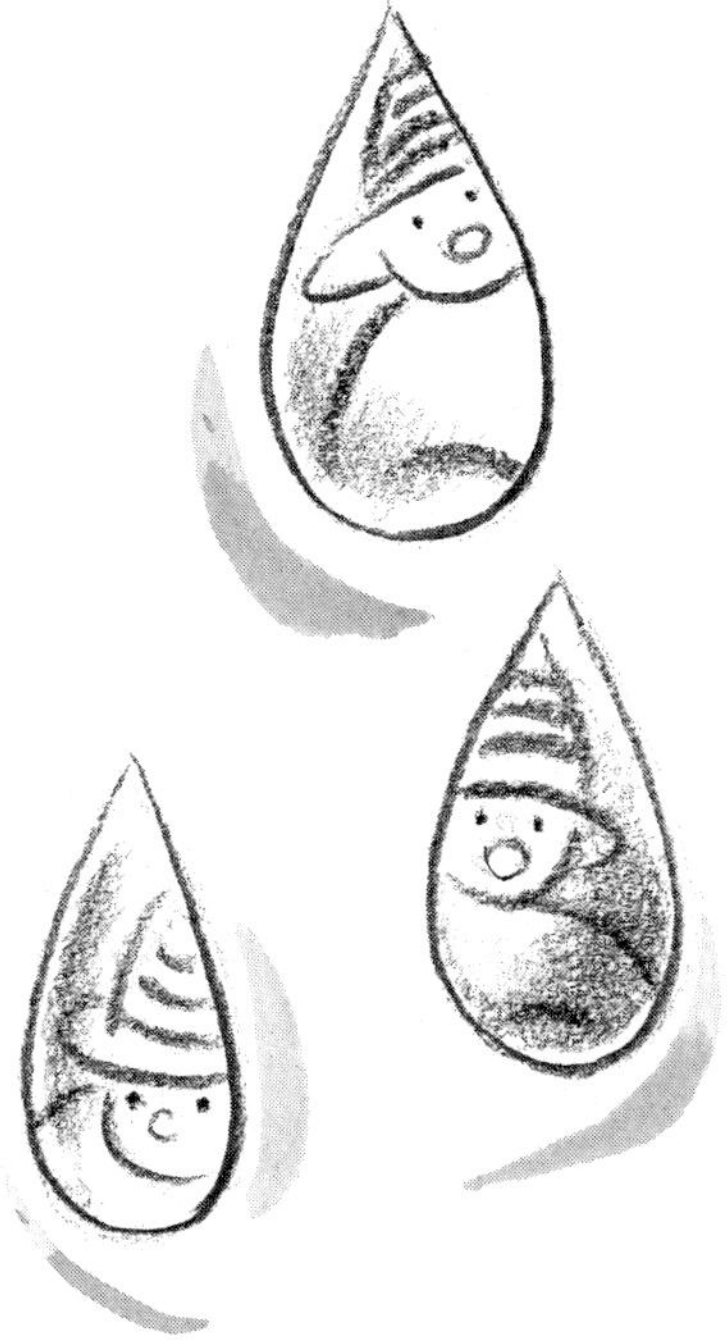

ぽぽんと　さいた

たんぽぽのはなが
ぽぽんと　さいた
どうろのわきで

たんぽぽのわたげ
ぽぽんと　とんだ
ごがつのかぜに

たんぽぽのわたげ
ふわりと　おりた
のはらのなかに

たんぽぽのはなが
わらって　さいた
はるののはらに

ころころ　こぶた

こぶた　こぶた
ころころ　こぶた
まあるいおはなを
ぴくぴくさせて
うたをうたって　あるいてる

こぶた　こぶた
ころころ　こぶた
まあるいからだに
くるくるしっぽ
うたのうえを　あるいてる

こぶた　こぶた
ころころ　こぶた
まあるいからだは
さくらいろ
さくらのさくころ　うまれたの

あまだれ　ぽったん

あまだれ　ぽったん
ぽったん　たん
まどのひさしを　たたいてる
やつでのはっぱを　たたいてる

あまだれ　ぽったん
ぽったん　たん
むしのコーラス　きこえてる
おうたといっしょに　たたいてる

あまだれ　ぽったん
ぽったん　たん
おいけのうえでも　うたってる
みずのわつくって　うたってる

あまだれ　ぽったん
ぽったん　たん

おみずのダンス

おやつをたべたら
ぶくぶくうがい
ぶくぶくぶくぶく
ぶくぶくうがい

そとからかえると
がらがらうがい
がらがらがらがら
がらがらうがい

ぶくぶくうがいと
がらがらうがい
おくちのなかで
おみずがダンス

ぷりん

ぷりん
なんてすてきな　なまえだろ
ぷりん
ぷりん
おさらのうえで
ぷりんぷりん　してる

ぷりん
おくちのなかに　ひんやりおりて
ぷりん
ぷりん
スキップしながら
とおっていった

ほっぺとほっぺ

ママのほっぺと
ぼくのほっぺ
そっと　そっと　よせるとね

うふふ　うふふ
あったかいね

パパのほっぺと
わたしのほっぺ
そっと　そっと　よせるとね

うふふ　うふふ
くすぐったいね
ほっぺと
ほっぺ

やっぱり　ぼくのくつ

パパのくつ
おおきい　おおきいくつ
ぼっこ　ぼっこ
おもくて　なかなか　あるけない

ママのくつ
リボンのついたくつ
ぽっこ　ぽっこ
ぬげそうで　なかなか　あるけない

ぼくのくつ
あしに　ぴったり
はしっても　はしっても　ぬげないよ
やっぱり　ぼくのくつ

いちばんのせみ

おにわのすみに
ぬけがら　ひとつ
みいつけた

じーじーじー
　じーじーじー

ことし　いちばんのこえ
きこえたよ

みんな　はやく　はやく
うまれておいでと
なかまを　よんでいる

あしあと　はんこ

ゆきのつもった　のっぱらに
てん　てん　てん　てん
きつねさんの　はんこ
あしあと　はんこ
ここをとおったよ　と　いってるよ

あめのあがった　こうえんに
ちょん　ちょん　ちょん　ちょん
ことりさんの　はんこ
あしあと　はんこ
ここであそんだよ　と　いってるよ

ぼくのはんこは　おおきいはんこ
ながぐつ　はんこ
あっちむいたり
こっちむいたり
はんこあそびの　たのしいはんこ

手《て》

ぎゅっと　にぎっている　ちっちゃな手
みんなを　にこにこさせる
あかちゃんの手

ちからもちの　おおきな手
ぼくを　かたぐるましてくれる
パパの手

やさしくて　なんでもできる手
おいしいしょくじを　つくってくれる
ママの手

ぼくの手は
えをかくのが　だいすき
ひらがなだって　もうかける

もうすぐ
ぼくは　一《いち》ねんせい

Ⅱ

ながぐつ　ちゃっぷ　ちゃっぷ

きょうから　はじまる

おはよう
おはよう
ランドセルから
てとあしがのびて
はずんではずんで　はしってく

おはよう
おはよう
ランドセルから
あさのひかりがはじけて
はねてはねて　はしってく

おはよう
おはよう
あっちのかどから
こっちのかどから
ランドセル
ならんで　ならんで　がっこうへ
きょうから　はじまる
しぎょうしき

ながぐつ　ちゃっぷ　ちゃっぷ

ぴかぴかランドセルが
ながぐつ　はいて

ちゃっぷ
　ちゃっぷ

きいろいかさは
かぜがふいても　まけないように

ちゃっぷ
　ちゃっぷ

あめも　うたうよ
ちゃっぷ　ちゃっぷ
ちゃっぷ　ちゃっぷ

あさですよ

あさです　あさです
おきなさい
まどから
おひさま　よんでいる

あさです　あさです
みてください
にわから
あさがお　よんでいる

あさです　あさです
きてください
のはらで
つゆくさ　よんでいる

おはようがいっぱい

あさ
おきたら　おはよう
パパにママに　おはよう
いもうとに　おはよう

がっこうへゆくみち　おはよう
がっこうについたら
おはようが　いっぱい

じゅぎょうが　おわったら
さようならが　いっぱい

かえりみちの　さようならは
ちょっと　さびしい
だから
さようならのあとに
「また　あした」をつける

さようなら
さようなら
また　あした

ふしぎな目《め》

トンボの目はべんりな目
まわりのけしきが
みんな　みえるんだって

かあさんの目はふしぎな目
ぼくのいたずら
みんな　しっている

トンボの目とかあさんの目
どっちも　ふしぎ
みんなみんな　みえる目

ぞうのかぞくがゆく

ひろいひろい　そうげんを
ぞうのかぞくが　ゆく

かあさんぞうの　おなかのした
あかちゃんぞうが　あるく
うれしそうに　はなふって

かあさんぞうの　まわりには
ねえさんぞうや　おばさんぞう
みんなで　あかちゃん　まもってる

あついあつい　みなみのくに
ぞうのかぞくが　ゆく
あかちゃんぞうの　はやさで
あるいてゆく

みどりのロケット

オクラのはなが
やさしいかおで
つぎからつぎへと
さいてくるよ

オクラのみが
そらをゆびさして
ずんずん　ずんずん
おおきくなるよ

オクラのみは
みどりのロケット
おおきくなって
ちきゅうのそとへ
とびだしておいで

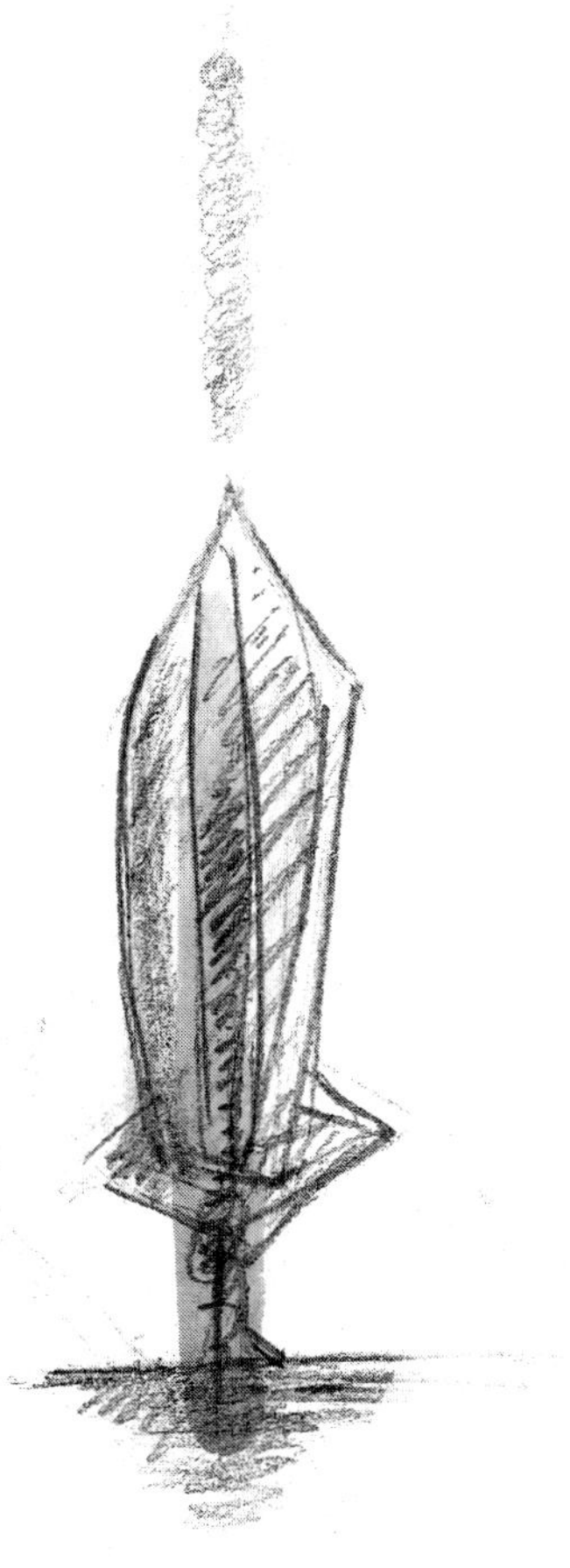

うえ木《き》のさんぱつ

うえ木ばさみが　うたってる
あせをふきふき　しごとうた
チャキチョキ　チャキチョキ
ちょうしよく

ふとっちょうえ木が　スリムになるたび
かぜの子《こ》どもがやってきて
うえ木やさんのあせを
そっと　ふいてゆく

うえ木ばさみが　うたってる
あせをふきふき　しごとうた

チャキチョキ　チャキチョキ
ちょうしよく

スリムなうえ木が　ふえてくるたび
かぜの子どもが　ふえてきて
はっぱを　ゆすったり
えだをくすぐったり

うえ木ばさみのうたが　おわるころ
あかるくなったにわに
かぜの子たちは　もういない

あげはちょうとみかんの木《き》

あげはちょうが
にわの　みかんの木に　きて
あっちのはっぱに　とまってみたり
こっちのはっぱに　とまってみたり

わたしのあかちゃんを
どのはっぱに　あずけようかと
いちばん　やさしそうな
はっぱをさがしている

みかんの木は　いつもやさしい
あげはちょうの　あかちゃんを
おとなになるまで
たいせつに　そだててあげる

すいれんと糸《いと》トンボ

こうえんの池《いけ》に
色《いろ》とりどりの
すいれんの花《はな》がさいた

お日《ひ》さまが
花におりてきて
「きれいにさいたね」と
ほめている

糸トンボは
青《あお》いスーツをきて
ひとつひとつの花にとまっては
すてきだね　と　ごあいさつ

かぜが
しずかに水面《みなも》を　なでていく

かまきりのくさり

きょねんのあき
おかあさんが
くさに　うみつけておいた
しろい　ふわふわのたまごのベッド

けさ
かまきりのあかちゃんが　うまれた

とても　ちいさいけれど
かたちは　おかあさんといっしょ
かまだって　もっている

でも　あんまりいそいで
でてきたものだから
かまとかまが　もつれて
くさりのように
つらなって　つらなって

やがて
うまれたよ
うまれたよ　と
くさりから　はなれて
たびだってゆく

Ⅲ

はんかち　わくわく

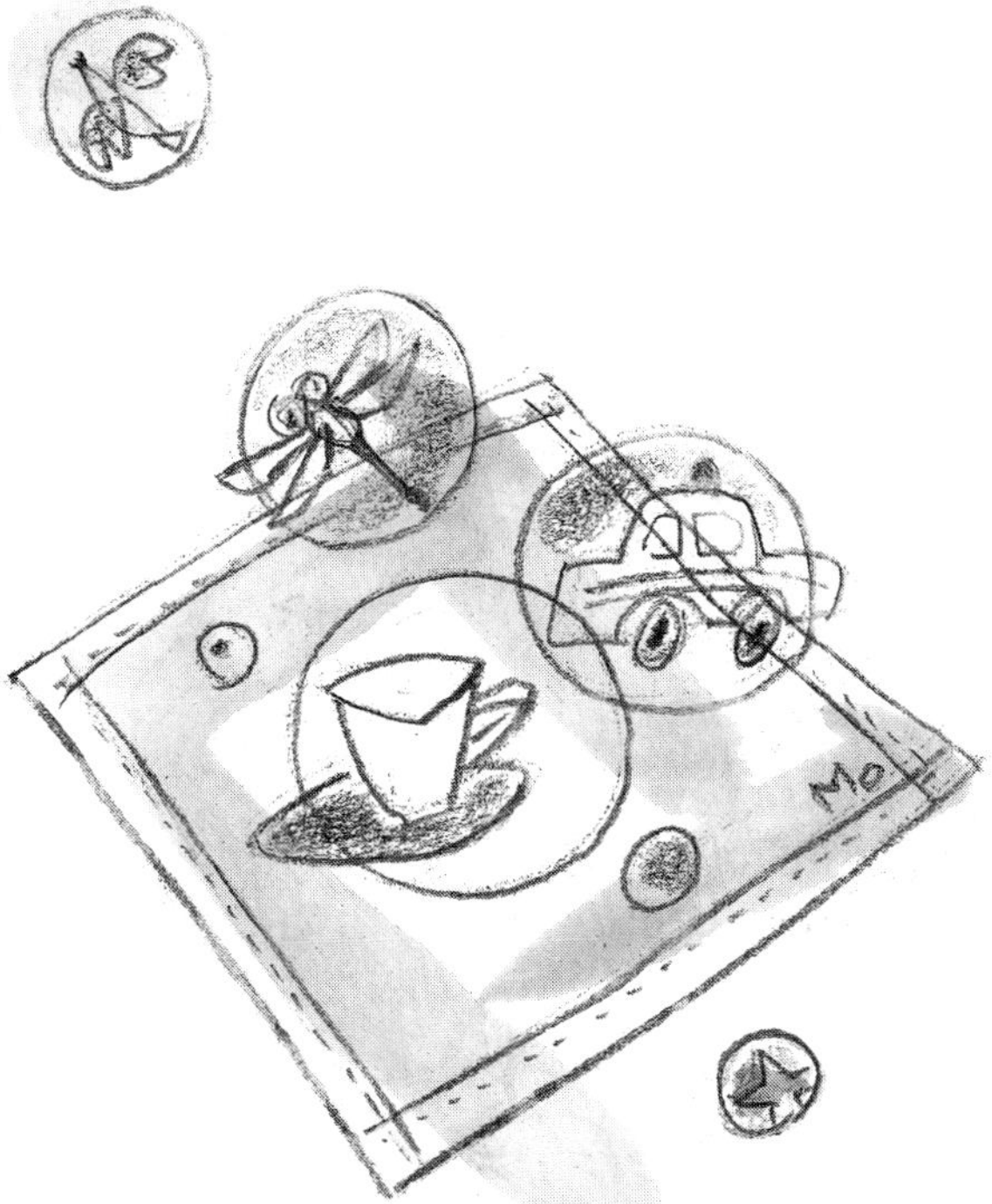

もうすぐ　たんじょうび

きくのはなが　さいたから
もうすぐ
おにいちゃんの　たんじょうび
「おめでとう」って
おばあちゃんから
でんわが　かかってくるよ

こなゆきちらちら　ふったから
もうすぐ
わたしの　たんじょうび
「おめでとう」って
おばあちゃんから
でんわが　かかってくるよ

さくらのはなが　さいたから
もうすぐ
おばあちゃんの　たんじょうび
「おめでとう」って
おにいちゃんと　わたし
でんわを　かけるのよ

しろいさくら

まどのしょうじに
しろいさくらが　さきました

いたずらざかりの
おとうとが
ゆびでつついて　あけたあな
つついたかずだけ　さきました

おしょうがつの
まっさらな　ひかりが
しょうじに　さして
おめでとう

おじいちゃんのいす

おじいちゃんのいすは
からっぽ

リビングのいすも
ダイニングのいすも
おじいちゃんが　にゅういんしてから
ずっと　からっぽ

なんだか
さびしそうだから
ちょっと　すわってみた

そして
あしをくんで
せきばらいを　ひとつ
どこかで
おじいちゃんが
わらったような　きがした

「おかえんなさーい」

わたしが
いちばん　早《はや》くかえったとき
ひとりで　かぎをあけて
小《ちい》さなこえで「ただいまー」

「おかえんなさーい」と
おへんじは　ないけれど
きんぎょが
パシャッと水音《みずおと》たてる

つぎに
おにいちゃんが　かえったとき

わたしが
「おかえんなさーい」と　いってあげる

ゆうがた
ママが　かえったときは
ふたりで
「おかえんなさーい」と　いって
ママのにもつを
だいどころへ　はこぶ

おうちのくうきが　とけだして
ほーっと　あたたかくなる

はるのこうえん

さくらのはなびら　ふってくる
たかいたかい　きのえだから
ひらら　ひらら　と
まいながら
ぶらんこ　こいでる　ゆうちゃんの
あたまに　かたに　ふってくる

ことりのこえが　ふってくる
たかいたかい　きのうえから
ちちち　ぴぴぴ　と
うたのあめ
おむすびたべてる　ゆきちゃんの
あたまに　かたに　ふってくる

はんかち　わくわく

はんかち　わくわく
ぼうやとお出《で》かけ
ポッケの中
かえりはどろんこ
わんぱくぼうず

はんかち　うきうき
ねえさんとお出《で》かけ
バッグの中
おしゃべりたくさん
つつんで　かえる

わくわく　はんかち
お出《で》かけ　だいすき
まだかな　まだかなと
まってるの

ひばり

ピーチュチ
　　ピーチュチ
ピーチュチ

ひばりが　そらでホバリング
そらから　うたをふらせてる

れんげばたけが　ひろがるなかに
ひばりのおうちが　ふたつ　みっつ
ひばりのあかちゃん　うまれてる

うれしい　うれしい
うたのそら

ぞうさんタクシー

みなみのくにの　こうえんの
ぞうさんは
あそびにきたひとたちを
せなかにのせて
　てっくり　てっくり

ぞうさんタクシーの　のりばは
はしごをのぼって　やぐらのうえ

（しっかり　のりましたか
　しゅっぱつしますよ）
やさしいめが　いってます

てっくり　てっくり
　てっくり　てっくり

ときどき　たちどまって
みちばたのくさを　たべては
また
　てっくり　てっくり
　てっくり　てっくり

ぞうさんタクシーは
あしたも
おきゃくをのせて

　てっくり　てっくり
　てっくり　てっくり

雨《あめ》のゆうえんち

お山《やま》の中《なか》のゆうえんちは
今日《きょう》は雨が　おきゃくさま

花《はな》しょうぶや
あじさいたちは
雨と
おしゃべりに　むちゅう

ぶらんこや　すべりだいは
ちゃっぷ　ちゃっぷ
うたいながら　おせんたく

あした
えんそくの子《こ》どもたちを
むかえるのが　うれしくて

手《て》をつなごうよ

さびしいとき
だれかと手をつなぐと
さびしさが　とけてゆく

かなしいとき
だれかと手をつなぐと
かなしさが　ゆるくなる

たのしいとき
だれかと手をつなぐと
大《おお》きなこえで　うたいたくなる

だれかと手をつなぐと
ふたりのこころが　とけだして
たがいの手を　とおって
あたたかいなにかが　かよいあう

手をつなごうよ
ふたりで
みんなで
せかいじゅうの人《ひと》たちと

春風のように爽やかな詩集
――池田もと子童謡集に寄せる

詩人・野呂《のろ》　昶《さかん》

池田もと子さんは、天性の童謡詩人です。清らかに澄んだ子どもの目、子どもの感性で森羅万象を深く観察、その中からみずみずしいポエジーを、つむぎ出しています。

長年、幼稚園や学童保育で幼児教育にたずさわった経験が、子どもの心をしっかりととらえる作品を生み出す源泉になっているのでしょう。その言葉には、森の泉を渡る風のような、爽やかで明るいリズムがひそめられています。

あまだれ　ぽったん

あまだれ　ぽったん
ぽったん　たん
まどのひさしを　たたいてる
やつでのはっぱを　たたいてる

あまだれ　ぽったん
ぽったん　たん

むしのコーラス　きこえてる
おうたといっしょに　たたいてる

あまだれ　ぽったん
ぽったん　たん
おいけのうえでも　うたってる
みずのわつくって　うたってる

あまだれ　ぽったん
ぽったん　たん

雨あがりの家の庭では、かすかなかすかな雨だれの音が聞こえてきます。窓のひさしや植木の根もと、池や花壇の方からも。耳をすますと、その音は、リズムをとって、うたっているようです。雨だれにとけこんだ風と光が、雨があがったよろこびを　うたっているのです。そのうち、むしのコーラスもはじまりました。雨あがりの庭の音楽会が、なんと楽しく、リズミカルに表現されていることでしょう。うたは、いのちのよろこびそのものです。

きょうから　はじまる

おはよう
おはよう

ランドセルから
てとあしがのびて
はずんではずんで　はしってく

おはよう
おはよう
ランドセルから
あさのひかりがはじけて
はねてはねて　はしってく

おはよう
おはよう
あっちのかどから
こっちのかどから
ランドセル
ならんで　ならんで　がっこうへ
きょうから　はじまる
しぎょうしき

今日は始業式、あっちのかど、こっちのかどから、ぴかぴかの一年生たちが、とび出してきて、「おはよう」「おはよう」声をかけながら、学校へ向け走っていきます。

まだ体が小さく、ランドセルが走っていくようです。そのようすを詩人は、「ランドセルから／てとあしがのびて／はずんではずんで　はしってく」と表現していますが、ほんとうにその通りです。一年生になったよろこびが　はずんでいるのです。

春の朝、日のひかりも青い空の上で　はずんでいます、ランドセルも輝いています。家々の屋根も、並木も道路も、きらきら輝きながら、新一年生を見送っています。なんと爽やかで美しい光景でしょうか。一年生の胸のどきどきまでも聞こえてきそうです。

はんかち　わくわく

はんかち　わくわく
ぼうやとお出かけ
ポッケの中
かえりはどろんこ
わんぱくぼうず

はんかち　うきうき
ねえさんとお出かけ
バッグの中
おしゃべりたくさん
つつんで　かえる

わくわく　はんかち
お出かけ　だいすき
まだかな　まだかなと
まってるの

はんかちは、ぼうやや　おねえさんそのものの気持でしょう。いつもどこかへ行きたいなあ　と願っているのです。いよいよお出かけ、はんかちは、ぼうやのポケットの中に入れてもらって、どきどき　わくわく。砂場だって、水たまりの中だって平気です。どろんこになるのが大好き、ぼうやの気持といっしょです。
またの日、はんかちは、おねえさんとお出かけ、バッグの中に、ぎょうぎよく、すまして入っています。その日のはんかちは、どろんこではなく、おねえさんのおしゃべりを、いっぱい包んで帰るのです。はんかちの中は、おしゃべりが　あふれそうにいっぱいです。

わくわく　はんかち
お出かけ　だいすき
まだかな　まだかなと
まってるの

はんかちは、ぼうややお姉さんの気持そのもの。お出かけを待って、わくわくしている気持が、なんと的確にいきいきと描かれていることでしょう。読者もまた、はんかちそのものになって、わくわくしてきます。

現代童謡の祖、北原白秋は、晩年つぎのような童謡論を述べ、後輩達にそれをふまえるよう託しました。

一、子どもの思考・感性にそって詩をつくること。子どもの純粋な目で森羅万象を見る。

二、ことばの中に宿る精神性・霊性を生かす。

三、古来伝承の「わらべうた」のことばのリズム・物語性・簡潔性・平明性を大切にする。

四、生活感覚にそったいきいきとした詩情をうたう。

五、作品が芸術であること。真・善・美の追求。

これを見ると、池田もと子さんの童謡詩はこれらの項目をしっかりふまえて、書かれていることが分ります。池田もと子さんは、北原白秋の系譜をひく、本格的な童謡詩人といえるでしょう。やさしく・あたたかく、春風のように爽やかな詩集が、また一冊この世に誕生しました。読者と共によろこびたいと思います。

あとがき

私は幼いころから歌の好きな姉の影響を受けて童謡に親しんできました。

大人になってからも幼い人たちと接する職業に就き、思えばずっと童謡に接してきました。その後、詩人の野呂昶先生との出会いによって童謡詩を書くことのよろこびを知り、今日に至っています。もう二十年近くになります。

私は自然や子どもたちの営みの中から美しいもの、楽しいものを見つけ出して子どもの心にそってやさしく表現するように心がけています。

幼い人たちが相手の良いところを見つけ、相手の欠点も個性として尊重できる、そんなおおらかな人に育ってほしいと願っています。

出版に際しまして、この度も詩人の野呂昶先生に大変お世話になりました。感謝の念でいっぱいです。また、御多忙の中を今回も私の詩集に美しい絵を添えてくださいました小倉玲子様に厚くお礼申しあげます。有難うございました。

池田もと子

池田もと子（いけだ　もとこ）
大阪府出身　高槻市在住
日本童謡協会、「まほろば　21世紀創作歌曲の会」会員、
「ポエムの森」同人
詩集　「おんぷになって」銀の鈴社
　　　「ゆびのおへそ」てらいんく

小倉玲子（おぐら　れいこ）
広島県出身
東京芸術大学大学院日本画科修了。
オリックス神保町ビル陶壁画。
北九州サンビルモザイク壁画ほか数点制作。
絵本「るすばんできるかな」ほか。

子ども　詩のポケット　47
おはようがいっぱい
池田もと子童謡集

発行日　二〇一四年四月八日　初版第一刷発行
著　者　池田もと子
装挿画　小倉玲子
発行者　佐相美佐枝
発行所　株式会社てらいんく
〒二一五-〇〇〇七　川崎市麻生区向原三-一四-七
TEL　〇四四-九五三-一八二八
FAX　〇四四-九五九-一八〇三
振替　〇〇二五〇-〇-八五四七二
印刷所　株式会社厚徳社
2014 Printed in Japan

ISBN978-4-86261-102-4 C8392
落丁・乱丁のお取り替えは送料小社負担でいたします。
直接小社制作部までお送りください。

池田もと子童謡集　既刊

子ども 詩のポケット 18

ゆびのおへそ

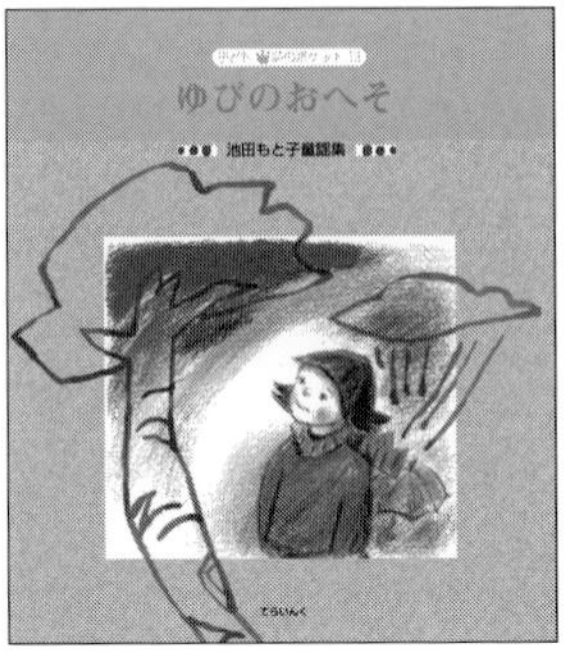

小学校国語教科書（教育出版・1年下）掲載
「やまで じゃんけん」ほか33編の作品収載

彼女の童謡詩は、子どもの目で、いきいきとその心象風景をとらえているのが特徴です。平易でシンプルな表現の中に、幼児の澄んだまなざし、はずむような感性のきらめきが、しっかりとリアリティを持って描かれています。作品の一編一編をぜひ声にのせて読んでみてください。読むごとに、爽やかな春の風が心に吹きこんでくることに気づかれることでしょう。

——詩人　　野呂　昶

定価（本体 1200円＋税）　　ISBN978-4-925108-82-9